Este libro pertenece a:

_____

Para Cher

Texto e ilustraciones © 2004 de Mo Willems

Traducción © 2011 de Hyperion Books for Children

Primera edición en español, mayo 2011
10 9 8 7 6 5 4 3
F850-6835-5-14342
Impreso en Singapur
ISBN 978-1-4231-4051-1

Visite www.hyperionbooksforchildren.com y www.pigeonpresents.com

¡La Paloma encuentra un perro caliente!

palabras y dibujos de mo willems

Traducido por F. Isabel Campoy

HYPERION BOOKS FOR CHILDREN/New York

Sello editorial de Disney Book Group

Tengo una
pregunta.

Nunca he
comido un perro
caliente . . .

¿A qué saben?

¡Cada bocado es un disfrute! ¡Una celebración en un panecillo!

¡Pero por supuesto! ¡Disfrútalo!

¡Anda!

¡Aaaaahhh...!

¿Dirías que sabe a pollo?

¡Pero venga,
por favor...!

Oye, es que soy una
patita curiosa.

ACABÓ!

¡Es MI perro caliente! ¿verdad?

¡MÍO, MÍO, MÍO!

¡Esto es INCREÍBLE!

"Quien lo encuentre, se lo queda."
¡Eso es lo que digo yo!

"¡Yo soy una patita curiosa!"

"¿A qué saben?"

"¡Bla, bla, bla!"

¡SÍ, ESO ES!

¡Ya no aguanto más!

Pero ¿qué se supone que hago yo?

Creo que
tengo
una idea.

Oye, ¿sabes? eres muy lista para ser una patita.

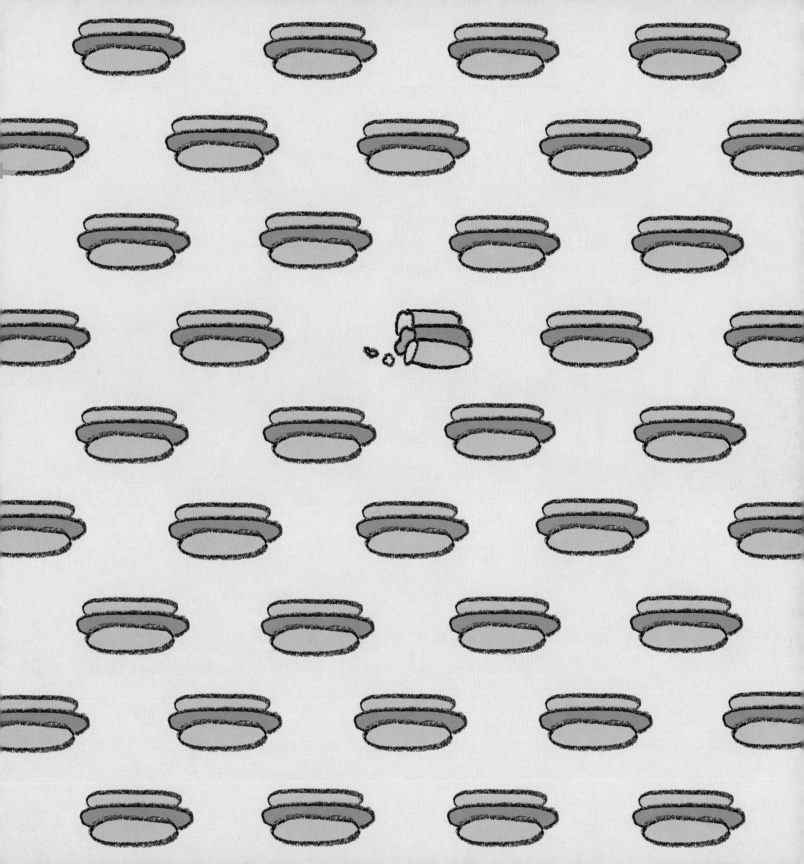

¡Mira, estoy hablando en español!

¡No dejes que la Paloma conduzca el autobús!

palabras y dibujos de mo willems

¿Quién dijo que la Paloma no podría ser un excelente conductor de autobús?

¡MÁS DE MO!

Trixie, Papá, y el conejito Knuffle van a la lavandería del barrio. Pero la fabulosa aventura da un vuelco dramático cuando Trixie se da cuenta que un cierto conejito se ha quedado atrás . . . .

EL CONEJITO KNUFFLE

UN CUENTO ALECCIONADOR POR Mo Willems

Art © Mo Willems